AF404138

AMOUR ET LOYAUTÉ,

OU

LE MARIAGE MILITAIRE,

COMÉDIE EN UN ACTE,

MÊLÉE DE COUPLETS;

PAR MM. DE FERRIÈRE ET RICHARD;

Représentée pour la première fois sur le Théâtre du Vaudeville, le 8 août 1812.

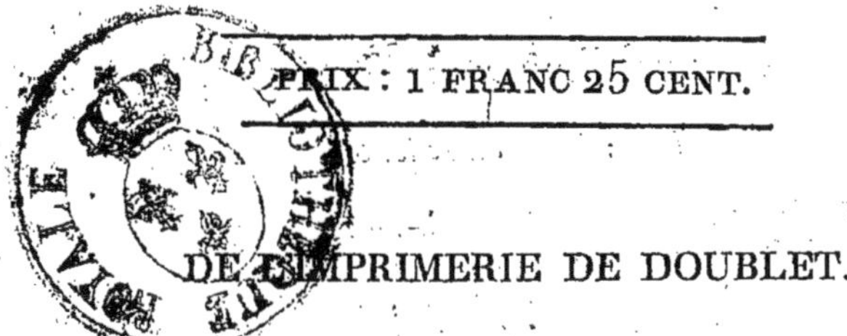

PRIX : 1 FRANC 25 CENT.

DE L'IMPRIMERIE DE DOUBLET.

A PARIS,

Chez Fages, Libraire, au Magasin des Pièces de Théâtre, Boulevard Saint-Martin, n° 29, vis-à-vis la rue de Lancry.

AN 1812.

PERSONNAGES.*Acteurs.*

LE général D'ALVINCOUR, *gouverneur d'une place nouvellement assiégée.*	M. FONTENAY.
CÉLESTINE ; *sa fille.*	Mme DESMARES.
D'ORMANCEY , *capitaine.*	M. ISAMBERT.
DE RENNEVILLE , *lieutenant.*	M. GUÉNÉE.
BRINDAMOUR, *brigadier.* (*Ces trois personnages du même régiment de cavalerie faisant partie de la garnison.*)	M. HYPPOLITE.
VICTOIRE, *jeune Allemande, suivante de Célestine.*	Mme S.-AULÈRE.

La scène se passe dans le jardin de l'hôtel du Gouverneur.

COUPLET D'ANNONCE.

Messieurs , nous allons avoir l'honneur , etc. , etc.

AIR : *Du Pas redoublé.*

Marchant , combattant tour-à-tour
  Le guerrier intrépide ,
Au son du fifre et du tambour ,
  Suit l'aigle qui le guide ;
Pour accompagner en ce jour
  Le petit Vaudeville ,
Messieurs , c'est assez du *tambour* ,
  Le *fifre* est inutile.

AMOUR ET LOYAUTÉ,

OU

LE MARIAGE MILITAIRE.

COMÉDIE.

SCÈNE PREMIÈRE.

LE GÉNÉRAL, BRINDAMOUR.

BRINDAMOUR.

Enfin, mon général, nous n'avons plus rien à craindre pour votre santé !

LE GÉNÉRAL.

Ce qui contribue sans doute à ma prompte guérison, c'est le plaisir d'avoir forcé l'ennemi à lever le siége de cette place.

BRINDAMOUR.

Il s'est fait prier !

AIR : *Pardonnez, je vous en supplie.*

Avec le plus brillant courage
Nos ennemis ont résisté ;
Pendant quelque temps l'avantage
Semblait pencher de leur côté.

LE GÉNÉRAL.

Si maintenant ils savent mieux combattre,
C'est à nous seuls qu'ils doivent leurs progrès ;
Nos ennemis apprennent à se battre,
En se faisant battre par les Français.

A 2

BRINDAMOUR.

Et nous ne leur épargnons pas les leçons; mais cette dernière sortie, qui les a mis en fuite, a pensé vous coûter cher.

LE GÉNÉRAL.

J'ai voulu leur faire mes adieux. Cependant, je conviens que ma chûte a été d'une extrême violence, et sans toi, mon ami, sans ton courage, ma foi....!

BRINDAMOUR.

Mon général, vous ne m'avez aucune obligation.

LE GÉNÉRAL.

Tu es modeste comme tous les vrais braves.....

BRINDAMOUR.

Je vous proteste......

LE GÉNÉRAL.

Il suffit : je n'oublierai jamais que je te dois la vie.... Parlons d'une affaire non moins intéressante pour moi, au succès de laquelle tu peux contribuer.

BRINDAMOUR.

Commandez la manœuvre, mon général.

LE GÉNÉRAL.

Nous sommes dans une saison où tout invite à l'amour.

BRINDAMOUR.

Je m'en aperçois !

LE GÉNÉRAL.

J'ai toujours affectionné le mois de mai; ce fut dans ce beau mois que je contractai l'heureuse alliance à laquelle je dois ma chère Célestine !

BRINDAMOUR.

Vrai trésor !

(5)

LE GÉNÉRAL.

J'ai résolu de choisir la même époque pour donner
un époux à ma fille.

Air : *Du Ménage de Garçon.*

Les soins d'un père de famille,
Ne vont pas avec notre état;
La garde d'une jeune fille ,
Ne vaut rien pour un vieux soldat.
La mienne , dans une journée,
Me cause ici plus de tourmens,
Que dans tout le cours de l'année,
Ne m'en donnent vingt régimens.

Je prétends bien ne pas rester ici gouverneur inutile
d'une place que l'ennemi ne viendra plus attaquer :
la coutume de mourir au champ d'honneur est héré-
ditaire dans ma famille; mon bisaïeul fut tué à Denain,
mon aïeul à Fontenoy , et mon père dans la guerre
d'Amérique.

BRINDAMOUR.

Voilà un bonheur bien soutenu !

LE GÉNÉRAL.

Air : *Trouverez-vous un Parlement.*

J'espère un jour le partager,
Mes efforts y tendent sans cesse ;
J'ai donc résolu d'arranger
Mes affaires de toute espèce.
Je veux , en allant aux combats ,
Ne plus avoir dans la mémoire,
D'allarmes que pour mes soldats
Et de soins que pour la victoire.

Le capitaine Dormancey, de ton régiment est jeune,
riche, aimable, et d'une très-bonne famille : fils de
mon meilleur ami, il a été élevé avec ma fille. Depuis
que vous êtes en garnison dans cette ville, je crois
qu'il est devenu amoureux de Célestine, dont il étoit
resté séparé pendant plusieurs années : il sera mon
gendre.

BRINDAMOUR.

Mon général , c'est un digne choix ; mais mademoiselle l'aime-t-elle ?

LE GÉNÉRAL.

J'ai vainement essayé de le savoir : elle n'a jamais jugé à propos de s'expliquer avec moi. Cependant il m'importe de connoître ses sentimens, et c'est toi, Brindamour, que je charge de cette reconnoissance.

BRINDAMOUR.

Moi ! mon général ? eh ! comment diable m'y prendrai-je ?

LE GÉNÉRAL.

Je sais que tu aimes Victoire, cette jeune allemande que Célestine a prise à son service.

BRINDAMOUR.

C'est vrai, mon général.

LE GÉNÉRAL.

On ajoute que tu es aimé.

BRINDAMOUR.

Eh ! mon général, sait-on jamais cela ?

LE GÉNÉRAL.

Les suivantes, par confiance ou par ruse, ont presque toujours le secret de leur maîtresse ; Victoire, j'en suis certain, n'ignore pas celui de Célestine.

AIR : *Du partage de la richesse.*

Eh ! bien , il faut lire en son ame
Le secret dont je suis jaloux.

BRINDAMOUR.

Lire dans le cœur d'une femme,
Mon général , y pensez-vous ?
Des brigadiers la renommée ,
Je le parie échouerait-là....
Le meilleur lecteur de l'armée
Ne lit pas assez bien pour ça !

LE GÉNÉRAL.

Bah ! bah ! amène-là sans affectation sur ce cha-

pitre, et lâche avec adresse.....mais on vient !..... c'est
Victoire. Je te laisse avec elle : je reviendrai bientôt
savoir le résultat de votre entretien.

(Il sort.)

SCÈNE II.

BRINDAMOUR (seul.)

Conduisons habilement nos approches de manière
à ce que la mine ne soit pas éventée......

SCÈNE III.

VICTOIRE, BRINDAMOUR.

(Victoire, vêtue à l'allemande, a un léger accent.)

VICTOIRE.

Air: L'homme est honnête (Hazards de la Guerre)

Raison , sagesse,
Disent toujours refusez;...
Mais amour presse ,
Et dit : osez.

BRINDAMOUR.

Eh ! quoi ! si j'allais demander....

VICTOIRE.

Oh ! je ne puis rien accorder.

BRINDAMOUR.

Sans savoir quel est mon dessein ?

VICTOIRE.

Monsieur, je m'en tiens au refrain.

Ensemble. {
Raison , sagesse ,
Disent toujours refusez....
Mais amour presse
Et dit : osez !

(Brindamour l'embrasse.)

VICTOIRE.

Ces Français sont d'une vivacité !.....

Aɪʀ : *Fille à qui on dit un secret.*

Si je reçois avec douceur
Ce baiser d'une audace extrême,
Ne vous avisez pas, monsieur,
D'en conclure que je vous aime.

BRINDAMOUR.

Je n'ose encore m'en flatter, mais
Sans peine je pourrais le croire ;
Vous devez aimer un Français
Puisque vous vous nommez Victoire.

VICTOIRE (*souriant.*)

Que répondre à une aussi bonne raison ?

BRINDAMOUR (*à part.*)

Elle rit, attaquons (*haut*). Aimez-vous le mois
mai, mademoiselle ?

VICTOIRE.

Assurément.

BRINDAMOUR.

Et votre jeune maîtrese l'aime-t-elle aussi ?

VICTOIRE.

Oh ! je vous en réponds !

Aɪʀ : *Au sein d'une fleur tour-à-tour.*

Le mois de mai rend à nos champs
Leur plus séduisante parure :
Il ramène avec le printemps ,
Les oiseaux , les fleurs , la verdure.
De son bouton prêt à sortir,
La rose plus fraîche et plus belle ,
Ne craint plus de s'épanouir ,
Sans voir un papillon près d'elle.

BRINDAMOUR.

C'est celà !

Même air.

Dans ce beau mois tout parle au cœur,
La jeune beauté qui soupire
Déja soupçonne le bonheur
Qu'elle ignore et qu'elle desire ;
Bientôt elle connaît l'amour ,
A lui céder tout la dispose;
C'est quand Zéphir est de retour
Qu'on peut enfin cueillir la rose.

(9)

Et mademoiselle Célestine est une jolie rose.....

VICTOIRE.

Qui mérite certainement bien......

BRINDAMOUR.

Mille bombes ! et vous aussi, Mademoiselle !.....
Mais votre maîtresse ne distingue-t-elle personne ?

VICTOIRE.

Ah ! vous êtes curieux !

BRINDAMOUR.

Pardon, Mademoiselle ! c'est que je suis chargé de
m'informer adroitement si mademoiselle Célestine ne
préféreroit pas ...... là .....quelqu'un ....,.vous entendez
bien ?

VICTOIRE (malignement)

Oh ! mon dieu oui !

BRINDAMOUR.

Et qui a-t-elle remarqué, s'il vous plaît ?

VICTOIRE.

Deux jeunes officiers charmans.

BRINDAMOUR.

Deux !

VICTOIRE.

Cela vous étonne !

BRINDAMOUR (à part.)

Diable ! mon général ne m'avait pas dit cela !

VICTOIRE.

Il ne tenait qu'à nous d'en remarquer bien d'autres ;
car ma maîtresse ne peut pas empêcher qu'on l'aime ;
mais nous avons borné notre attention à ces deux
messieurs.

BRINDAMOUR.

C'est très-délicat de votre part, mais quels sont
donc ces deux officiers ?

(10)

VICTOIRE.

Le capitaine d'Ormancey !

BRINDAMOUR.

Fort bien.

VICTOIRE.

Et le lieutenant de Renneville.

BRINDAMOUR.

Votre demoiselle a bon goût ! les plus braves, les plus aimables officiers de notre régiment !

VICTOIRE.

AIR : *Un homme pour faire un tableau.*

L'amitié les a réunis ,
Et nous sommes trop raisonnables
Pour séparer de vrais amis ,
Partout ailleurs inséparables.
Par leurs exploits un jour fameux ,
Ensemble ils vivront dans l'histoire....
La gloire les aime tous deux....

BRINDAMOUR.

Et vous faites comme la gloire.
M. d'Ormancey a l'avantage de la fortune et du rang.

VICTOIRE.

Monsieur de Renneville a des talens et peut prétendre à tout.

BRINDAMOUR.

Corbleu ! je le crois bien ! savez-vous que c'est à lui que nous devons le succès de notre dernière sortie; et pourtant je ne parle pas ici de sa plus belle action ! Mais votre maîtresse a-t-elle fait un choix entre eux ?

VICTOIRE.

Qu'en pensez-vous ?

BRINDAMOUR.

Je rêvais cette nuit qu'elle épousait M. d'Ormancey.

VICTOIRE.

Quelle idée !

BRINDAMOUR.

Ou monsieur de Renneville.

VICTOIRE.

Bon !

BRINDAMOUR.

Ou tous les deux.

VICTOIRE.

Jesus meingott !

BRINDAMOUR.

Morbleu! je m'embrouille, mais aussi vous ne m'aidez pas.

VICTOIRE (*riant.*)

Aɪʀ : *On dit par-tout le monde.*

Près de Mademoiselle,
Je retourne, au revoir :
Je suis toujours fidelle.....
Fidelle à mon devoir.
J'admire votre adresse ;
On ne peut, en effet,
Avec plus de finesse
Arracher un secret !....
Près de mademoiselle, etc.

BRINDAMOUR.

Adieu, mademoiselle,
A l'honneur de vous voir.
Soyez toujours fidelle,
C'est mon plus cher espoir!

(Victoire sort.)

SCÈNE IV.

BRINDAMOUR (*seul.*)

Cette jeune fille est charmante !

AⁱR : *La folie a plus d'un masque.*

Vive , légère et jolie,
Adroite et fine en amour ,
Et de la coquetterie
Connaissant chaque détour ;
Se moquant tout à son aise
D'un pauvre amant qui gémit :
On la prendrait pour française , } *B_{is.}*
Sans l'accent qui la trahit.

Parbleu j'ai fait plus de besogne que mon général
ne pense : au lieu d'un amant, en voilà deux de dé-
couverts ; et qui sait si en continuant la reconnais-
sance, je n'en découvrirai pas encore d'autres ?

SCÈNE V.

LE GÉNÉRAL, BRINDAMOUR.

LE GÉNÉRAL.

Eh bien ! qu'as-tu appris de Victoire ?

BRINDAMOUR.

Que dans la foule de ses adorateurs, mademoiselle
Célestine remarque deux de mes officiers.

LE GÉNÉRAL.

Deux !...... Brigadier, prenez gardé à ce que vous
dites.

BRINDAMOUR.

Général, mon rapport est exact; mademoiselle
Victoire m'a nommé le capitaine d'Ormancey et le
lieutenant de Renneville !

LE GÉNÉRAL.

Victoire t'a dit cela ?

BRINDAMOUR.

Oui, mon général.

LE GÉNÉRAL.

Imbécille !

BRINDAMOUR.

Vous croyez !

LE GÉNÉRAL.

Tu lui a laissé deviner ton intention; elle s'est
moquée de toi.

AIR : *Ce crayon trop fragile.*

Sans blesser sa tendresse ,
Elle a cru, je le voi ,
Pouvoir , avec adresse ,
Se rire un peu de toi.
La femme la meilleure ,
Quelque soit son amour ,
Ne manque jamais l'heure
De nous jouer un tour. (*bis.*)

BRINDAMOUR.

Vous pourriez bien avoir raison !

LE GÉNÉRAL.

J'aperçois d'Ormancey, laisse-nous.
(*Brindamour sort et d'Ormancey entre.*)

SCÈNE VI.

LE GÉNÉRAL, D'ORMANCEY.

LE GÉNÉRAL.

Vous voilà, mon cher d'Ormancey?

D'ORMANCEY.

Général, je me rends à vos ordres.

LE GÉNÉRAL.

J'ai à vous parler , mais j'exige de la franchise !
Mon ami, je vous crois amoureux?

D'ORMANCEY.

Je l'ai toujours été.

AIR : *L'Hymen est un lien charmant.*

Terrible pendant le combat ,
Mais sensible après la victoire ;
Sachant unir dans sa mémoire
L'amour , et l'autel et l'Etat . (*bis*)
Lorsqu'un Français plein de courage ,
Marche vers l'immortalité ,

Des guerriers brillant appanage ,
Fidelle à son antique usage,
Son Dieu , son prince et la beauté,
Sont ses compagnons de voyage. (*bis*)

LE GÉNÉRAL.

Eh ! bien, je veux vous unir à la belle que vous aimez.

D'ORMANCEY.

A la belle que j'aime ?

LE GÉNÉRAL.

C'est vous dire à qui.

D'ORMANCEY.

Mais pas trop ! ne pourriez-vous me la désigner un peu moins vaguement ?

LE GÉNÉRAL.

Comment ?

D'ORMANCEY.

Tenez, Général, je ne suis encore qu'un étourdi ; dans tout ce qui tient aux belles j'ai toujours plus consulté ma tête que mon cœur. Si c'est, comme on l'assure, le moyen de réussir auprès d'elles, c'est aussi le moyen d'en aimer beaucoup. Votre manière de parler peut donc en effet m'embarrasser.

LE GÉNÉRAL.

Eh ! quoi, d'Ormancey, parmi toutes les jeunes personnes que vous voyez ici, aucune ne mérite-t-elle de vous fixer ?

D'ORMANCEY.

Une seule pourroit opérer ce grand changement ; j'ai plus d'une fois été tenté de chercher à lui plaire, mais j'ai toujours écarté cette idée ambitieuse ; et c'est le seul acte de prudence que j'aie fait de ma vie, car je ne suis réellement pas digne d'une femme aussi parfaite.

LE GÉNÉRAL.

Quel est donc ce prodige ?

D'ORMANCEY.

Et quelle autre pourroit-ce être que Célestine !

LE GÉNÉRAL.

Mon ami, vous m'enchantez ! c'est précisément à elle que je veux vous unir.

D'ORMANCEY.

Sérieusement, Général ?

LE GÉNÉRAL.

Très-sérieusement : il m'a semblé que vous l'aimiez ?

D'ORMANCEY.

L'aimer, l'adorer seroit si facile et si doux !

LE GÉNÉRAL.

Eh ! bien, je vous accorde la plus noble récompense qu'ambitionne un soldat français.

AIR : *J'aime ce mot de gentillesse.*

S'il périt digne de sa belle,
En combattant au champ d'honneur,
D'être du moins pleuré par elle
Il emporte l'espoir flatteur.
Vainqueur à ses pieds il dépose
La palme qu'obtient le guerrier ;
Et l'amour attache une rose
A chaque branche de laurier.

Ainsi donc, voilà qui est convenu ?

D'ORMANCEY.

Un moment : avant tout, croyez-vous que le cœur de Célestine lui parle en ma faveur ?

LE GÉNÉRAL.

Elle vous aimera.

D'ORMANCEY.

Manière honnête de me dire qu'elle ne m'aime pas encore.

LE GÉNÉRAL.

Ne vous donne-t-elle pas le nom de frère?

D'ORMANCEY.

Habitude d'enfance!

AIR : *Fidèle ami de votre enfance.*

De ce titre si doux, si tendre,
Accuser tout bas la froideur ;
A Célestine faire entendre
Qu'il en est un plus enchanteur.
Toujours empressé de lui plaire,
Jaloux sur-tout de ce bonheur ,
Je voudrais être ainsi son frère ,
Mais sera-t-elle ainsi ma sœur ?

LE GÉNÉRAL.

Sans doute : je lui en ai déjà parlé ; mais avant que
je lui donne mes derniers ordres, voyez-là, et faites
de votre mieux pour la déterminer.

D'ORMANCEY.

Je redoute cette périlleuse entreprise.

LE GÉNÉRAL.

AIR : *Vaudeville du Secret de Madame.*

Entre sa maîtresse et la gloire,
Un Français doit se partager :
Pour l'une il gagne la victoire,
Pour l'autre il brave le danger.

D'ORMANCEY.

Mais dans son ardeur inquiète ,
Vous savez aussi qu'un Français ;
Rougit toujours de sa défaite,
Comme il se vante du succès.

LE GÉNÉRAL.

Point de fausse honte.

(*Ensemble.*)

Entre sa maîtresse et la gloire,
Un Français doit se partager ,
Pour l'une il gagne la victoire ,
Pour l'autre il brave le danger.

(*Le général sort.*)

SCÈNE VII.

D'ORMANCEY (*seul.*)

Le Général est d'une impatience ! on n'a pas avec lui le temps de se reconnaître ! Moi, me marier ! promettre une constance éternelle !

RONDEAU *de Doche.*

Jurer ainsi de l'avenir ,
Est un serment bien téméraire ;
Il est facile de le faire ,
Et mal aisé de le tenir.

Sévère hymen, sous ta bannière
Puis-je m'engager pour toujours ,
Moi dont les volages amours ,
A peine comptent dans leur cours
Des nœuds d'une semaine entière.

Jurer ainsi de l'avenir, etc. , etc.

Cependant, si le bonheur de Célestine dépend de moi, il y aurait de la barbarie ...... Mais comment m'assurer ? ...... Eh ! parbleu, mon cher Renneville ...... courons-le chercher (*fausse sortie.*)

SCÈNE VIII.

D'ORMANCEY, DE RENNEVILLE.

D'ORMANCEY.

Eh ! tu arrives bien à propos.

RENNEVILLE.

Mais je crois que nous arrivons toujours ainsi l'un auprès de l'autre.

B

AIR : *Vaudeville de Voltaire chez Ninon.*

Pour moi t'aimer est un devoir ;
De ton amitié je m'honore ;
Et lorsque je viens de te voir ,
Je desire te voir encore ;
Unis par le plus doux lien ,
Partout la gloire nous rassemble,
Et nos ennemis savent bien
Que nous sommes toujours ensemble.

D'ORMANCEY.

Toujours : cependant ta présence m'est surtout agréable en ce moment.

RENNEVILLE.

La tienne m'est aussi particulièrement nécessaire.

D'ORMANCEY.

J'ai un secret à te confier.

RENNEVILLE.

J'ai un aveu à te faire.

D'ORMANCEY (*soupirant.*)

Renneville, je crois que je vais être amoureux.

RENNEVILLE.

D'ormancey, j'aime à l'idolâtrie !

D'ORMANCEY.

As-tu déclaré ton amour à celle qui en est l'objet ?

RENNEVILLE.

Pas encore, et toi ?

D'ORMANCEY.

Non ! je voulais te prier de parler pour moi.

RENNEVILLE.

Je voulois t'engager à me rendre le même service.

D'ORMANCEY.

C'est tout simple : nous évitons par ce moyen l'em-

barras d'un refus que malgré tout notre mérite il est
bon de prévoir.

RENNEVILLE.

Tu iras donc trouver l'adorable Célestine......

D'ORMANCEY.

Hein ? comment dis-tu ?

RENNEVILLE.

Tu iras trouver de ma part l'adorable Célestine :
tu lui peindras mon amour sous les couleurs les plus
vives et tu lui diras....

D'ORMANCEY.

Oui, oui, je sais tout ce qu'il faut dire en pareil cas.

RENNEVILLE.

De mon côté où dois-je aller ?

D'ORMANCEY.

Tu iras trouver l'aimable Célestine.

RENNEVILLE.

Hein ! comment dis-tu ?

D'ORMANCEY.

Tu iras trouver de ma part l'aimable Célestine ; tu
lui peindra mon amour sous les couleurs les vives....et....

RENNEVILLE.

J'entends fort bien !

D'ORMANCEY.

AIR : *Vaudeville de l'Avare et son ami.*

Jusqu'aujourd'hui d'intelligence,
Nous avons eu les mêmes goûts ;
Gloire, plaisirs, repos, souffrance
Sont toujours communs entre nous. (*bis*)
Tout ce qu'aura l'un en partage,
Sans cesse à l'autre appartiendra.

RENNEVILLE.

La communauté finira
Le jour de notre mariage.

Nous voilà donc rivaux ! comment soutiendrons-nous cette épreuve ?

D'ORMANCEY.

Dignement.

Air : *Quand on ne dort pas la nuit.*
Par un effet constant du sort
Une même ardeur nous transporte :
Il me semble , et je n'ai pas tort,
Qu'à la guerre je suis encor :
Femme jolie est place forte ;
Contre elle faisons en ce jour
Assaut de finesse et d'audace.
Heureux qui , soldat de l'amour,
Le premier (*bis*) emporte la place.

RENNEVILLE.

Mon ami , de la loyauté ! déclarons-nous en même-temps à Célestine et qu'elle prononce.

D'ORMANCEY.

J'y consens ; la voici.

SCÈNE IX.
DORMANCEY, CÉLESTINE, RENNEVILLE, VICTOIRE.

CELESTINE.

Toujours ensemble, messieurs.

D'ORMANCEY.

La sympathie qui m'unit à Renneville va bien plus loin que vous ne pensez.

CELESTINE.

Comment donc cela ?

D'ORMANCEY (*à Renneville*).

Mon ami, voici le moment.

(*Ils tombent tous deux au genoux de Celestine*).

CELESTINE (*souriant*).

Que faites-vous donc , messieurs ?

QUATUOR *de Doche.*

RENNEVILLE.
Pour d'Ormancey je vous implore !
Par vous seule il peut être heureux !

D'ORMANCEY.
Non, non ! c'est lui qui vous adore !
Daignez encourager ses vœux.

CELESTINE (*souriant*).
Quoi ! tous les deux !

VICTOIRE (*riant*).
Oui ! tous les deux ,

CELESTINE.
Vraiment ? ô la bonne folie !

D'ORMANCEY et RENNEVILLE.
Mais ce n'est point une folie !

VICTOIRE.
Un moment souffrez que j'en rie !

RENNEVILLE,
Rien n'est plus vrai.

D'ORMANCEY.
Plus sérieux !

CELESTINE.
Plus fraternel !

VICTOIRE.
Plus curieux !

CELESTINE,
De l'amitié la plus touchante ,
Vous offrez ici le tableau.
Mais pour répondre à votre attente ,
L'aveu me semble trop nouveau !

VICTOIRE.
De l'amitié la plus touchante
Ces messieurs offrent le tableau !
Ils n'ont pas trompé mon attente ,
Mais l'aveu me semble nouveau.

D'ORMANCEY et RENNEVILLE.
Ah ! répondez à notre attente !
Et des jours , qu'un heureux tableau,
Pour notre avenir nous présente ,
Ce jour deviendra le plus beau !

CÉLESTINE *(ironiquement).*

Mais enfin qu'attendez-vous de moi ?

D'ORMANCEY.

Que vous nous disiez avec votre franchise accou-
tumée, lequel de nous deux est digne d'aspirer à
votre main.

CÉLESTINE.

Vous n'y pensez pas.

AIR : *Les Grâces un jour à Cytère.* (D'Aufeu).

En votre faveur prévenue
Je ne dissimulerai pas ,
Que votre demande imprévue
Me jette ici dans l'embarras :
Dignes tous deux de mon suffrage
Comment pourrais-je le donner,
Lorsque pour votre double hommage
Je n'ai qu'un prix à décerner ?

VICTOIRE.

Nous avons pourtant fait un choix.....

CÉLESTINE *(arrêtant Victoire).*

Victoire !.....

VICTOIRE.

Mademoiselle, je n'y tiens plus.

CÉLESTINE.

Imprudente !.....

VICTOIRE.

AIR : *Suzon sortait de son village.*
Me taire est par trop difficile
Et j'étouffe sous le secret :
Oui, c'est monsieur de Renneville
Qui de notre choix est l'objet.

RENNEVILLE.

Plaisir extrême !
C'est moi qu'elle aime !
Ce doux instant assure mon bonheur.

D'ORMANCEY *(riant).*
Et moi j'enrage
Pareil langage.
Pour un rival est sans doute flatteur !

(23)

CELESTINE.

Un embarras comme le nôtre
Assurément est peu commun ;
Car je regrette en aimant l'un
(*Elle regarde Renneville*).
De ne pas choisir l'autre ! (*ter.*)

RENNEVILLE.

Célestine, vous m'enivrez de la plus douce féli-
cité : une seule pensée trouble ce moment délicieux.
Mon ami perd sa plus chère espérance.

D'ORMANCEY (*à Célestine*).

En effet, on ne renonce pas sans effort au bonheur
de vous appartenir.

CELESTINE (*à D'ormancey*).

AIR : *Du pot de Fleurs.*

L'amour, ayez-en l'assurance,
N'ôtera rien à l'amitié ;
Le nom de frère, dès l'enfance,
A moi vous a toujours lié :
Ce titre que le cœur préfère,
Vous est aussi donné par lui ;
J'espère que dès aujourd'hui
Vous serez doublement mon frère.

D'ORMANCEY.

Oui, mais je pouvais être mieux que cela.

VICTOIRE (*à Renneville*).

Nous voila donc d'accord : vous épousez mademoiselle.

RENNEVILLE.

Je crains bien de ne pas obtenir l'aveu du Général : mon rang, ma fortune.....

CELESTINE.

Et ses projets.....

VICTOIRE.

Qu'a donc monsieur D'ormancey ?

D'ORMANCEY.

Je viens de prendre un parti, (*après un moment de réflexion*) Renneville, sortons.

RENNEVILLE.

Dans quel dessein ?

D'ORMANCEY.

Viens, te dis-je !

VICTOIRE.

Jésus ! monsieur D'ormancey, que voulez-vous faire ?.....

D'ORMANCEY. (*à Renneville*)

Suis-moi.   (*fausse sortie*).

RENNEVILLE (*à Célestine*).

J'ignore ce qu'il médite, mais vous m'aimez, je n'ai plus rien à redouter.

(*Il lui baise la main. D'ormancey le prend par le bras et l'emmène*)

SCÈNE X.

CELESTINE, VICTOIRE.

VICTOIRE.

Ah ! mon dieu ! mademoiselle, si monsieur D'ormancey alloit lui chercher querelle ! Je cours vite....

CELESTINE.

Voici mon père, ne t'éloigne pas....

SCÈNE XI.

LE GÉNÉRAL, CELESTINE, VICTOIRE, BRINDAMOUR.

LE GÉNÉRAL (*à Brindamour*).

Que personne ne vienne nous interrompre.

BRINDAMOUR.

Je suis en védette, mon général.

(Brindamour s'éloigne , Victoire reste, le
Général lui fait un signe de sortir, elle va
rejoindre Brindamour : tous deux sortent).

SCÈNE XII.

LE GÉNÉRAL, CELESTINE.

LE GÉNÉRAL.

Ma fille, il est indispensable que nous ayons une
bonne explication.

CELESTINE *(riant)*.

J'y suis toute disposée.

LE GÉNÉRAL.

Je vais t'attaquer vivement.

CELESTINE.

Vous avez contracté cette habitude avec l'ennemi.

LE GÉNÉRAL.

Tu me flattes pour me gagner ; mais allons au fait :
veux-tu épouser D'ormancey ?

CELESTINE.

Mon père......

LE GÉNÉRAL.

Oui, ou non ?

CELESTINE.

Non, mon père.

LE GÉNÉRAL.

Pourquoi ?

CELESTINE.

Parce que j'en aime un autre.

LE GÉNÉRAL.

De Renneville, n'est-ce pas ?

CELESTINE.

Oui , mon père.

LE GÉNÉRAL.

Tu ne l'épouseras pas.

CELESTINE.

Je ne me marierai donc jamais !

Air : *De la Piété filiale.*

De rester fille pour toujours
Ici vous me donnez l'envie !
Oui : je prétends vous consacrer ma vie ,
Et par mes soins embellir vos vieux jours.
En vain on dit que rien n'égale
D'un sincère amour la douceur.
Je sens qu'on trouve aussi le vrai bonheur
Dans la piété filiale !

LE GÉNÉRAL.

Quelle tête !

CELESTINE.

Je vous dois la vérité.

LE GÉNÉRAL.

Et moi je te dois les conseils de l'expérience :
D'ormancey a un nom, un rang, une grande fortune...

CELESTINE.

Et Renneville, mon père !

Air : *Je cultive un autre Laurier.* (Robe et les Bottes).

Modeste et sans éclat trompeur,
Dédaignant la route vulgaire ,
La gloire , l'amour et l'honneur ,
Voilà le luxe qu'il préfère :
Ah ! si d'un faste superflu ;
Il n'étale point l'apparence ,
Pour richesse il a sa vertu.....
Sa fortune est immense. (*bis.*)

LE GÉNÉRAL.

Tout cela est faux, exagéré.... et je ne souffrirai
pas que tu sacrifies ton bonheur à une passion que
tu crois devoir être éternelle.

AIR : *Je suis colère et boudeuse.*

Ce délire qu'à ton âge
On chérit aveuglément,
Cesse après le mariage,
Moi–même j'en suis garant ;
Et pourtant il faut, ma chère,
Briller et tenir un rang,
Qui nous permet de le faire
Est-ce l'amour ou l'argent ?

CELESTINE.

Au faste, moi je préfère
L'avenir qui m'a souri ;
Dois–je vouloir jamais plaire
A d'autres qu'à mon mari ?
Embellir son existence
Est le seul vœu de mon cœur,
Et sûre de sa constance
Je le suis de mon bonheur.

LE GÉNÉRAL.

Désobéir à ton père !

CELESTINE.

Un tel aveu m'a coûté ;

LE GÉNÉRAL.

Crains l'effet de ma colère !

CELESTINE.

Je connais votre bonté !

LE GÉNÉRAL.

Envain j'ai la renommée
D'être partout triomphant ;
J'ai mis en fuite une armée
Et ne puis vaincre un enfant (*bis*)!

Au lieu de résister à ma volonté, réfléchis aux suites funestes de ta conduite : si D'ormancey et Renneville apprennent qu'ils sont rivaux.....

CELESTINE.

Ils le savent.

LE GÉNÉRAL.

Ils le savent ! où sont-ils ?   (*appelant*)
Brindamour, Brindamour,

SCENE XIII.

LES MÊMES, BRINDAMOUR, VICTOIRE.

BRINDAMOUR.

Me voici, mon général.

LE GÉNÉRAL.

Vas me chercher messieurs d'Ormancey et de Renneville.

CÉLESTINE.

Qu'allez-vous faire ?

LE GÉNÉRAL.

Eh ! morbleu, prévenir les suites de ton imprudence.

BRINDAMOUR.

Je cours, mon général.....

VICTOIRE.

Heureusement, voici ces messieurs.

SCENE XIV.

LES PRÉCÉDENS, D'ORMANCEY, RENNEVILLE.

D'ORMANCEY.

Je vous cherchais, général : vous m'avez offert la main de Célestine, je l'accepte avec transport........ (*mouvement général*) pour la donner à mon cher Renneville.

LE GÉNÉRAL.

Qu'est-ce à dire, monsieur ?

D'ORMANCEY.

AIR : *J'étais bon Chasseur autrefois.*
Un rival heureux aujourd'hui
Vient m'enlever votre suffrage,
Célestine doit être à lui,
Il en est aimé davantage.
Je renonce au titre d'époux,
Mais je garde celui de frère,
Du moins par cet accord si doux
Vous resterez toujours mon père.

RENNEVILLE.

Lorsque l'amour et l'amitié s'unissent en ma faveur, général, dois-je espérer ?

LE GÉNÉRAL.

Non monsieur, je vous estime et vous aime, comme un bon officier, mais le caprice d'un enfant doit céder à ma prudence.

CELESTINE.

J'en appelle à votre cœur !

D'ORMANCEY.

Général, écoutez la raison : elle vous parle par ma voix, cela ne lui arrive pas souvent, profitez-donc de l'occasion et laissez-moi vous conduire.

LE GÉNÉRAL.

Oui ! vous me feriez faire une belle folie ! (*à Renneville*) Monsieur, il faut pour quelque temps cesser de nous voir !

TOUS (*au Général*)

Mon père ! mon ami, monsieur !—

LE GÉNÉRAL.

Prières inutiles !

RENNEVILLE.

Quelques rigoureux qu'ils soient, je dois respecter vos ordres.   (*Il veut sortir*).

BRINDAMOUR.

Mon général, j'aimerais mieux avoir affaire à un escadron qu'à votre colère, mais mon devoir est de parler.

CELESTINE.

Laissez-le s'expliquer.

D'ORMANCEY.

Que veux-tu dire ?

LE GÉNÉRAL.

Parle.

BRINDAMOUR *(au général)*.

Dans notre dernière sortie, à la seconde charge , votre cheval fait un faux pas et tombe : la violence de votre chute vous ôte l'usage de vos sens, l'ennemi vous entoure, j'accours pour vous dégager; mais je serais arrivé trop tard si mon lieutenant avec un courage et une adresse de tous les diables, n'eût constamment paré tous les coups que l'on vous portait, lui seul m'a donné le temps de vous éloigner de la mêlée, jusqu'à l'endroit où vous avez repris connaissance. Oui, mon général, c'est à lui seul que vous devez la vie !

LE GÉNÉRAL.

Pourquoi ne m'avoir pas plutôt instruit de cette action ?

BRINDAMOUR.

Monsieur de Renneville m'avait ordonné le plus grand secret. Pardon, mon lieutenant, c'est la première fois que je désobéis !

RENNEVILLE *(au général)*.
Air : *Ainsi jadis d'un menestrel.*
Du bonheur j'ai pu concevoir
La douce et flatteuse espérance ,
Le gagner était un devoir
L'exiger était une offense :

BRINDAMOUR.
A rien jamais on ne parvient
Avec trop de délicatesse ;
Moi, je dis : en gloire , en maîtresse
Ce que j'ai gagné m'appartient.
(Il prend Victoire par le bras).

LE GÉNÉRAL.

Renneville, faire une belle action est de tout le monde; la taire aux dépends même de son bonheur est d'une ame noble et délicate : tu seras mon fils.

D'ORMANCEY *(unissant Célestine et Renneville)*.

Soyez heureux mes enfans.

CELESTINE (*à D'ormancey*).

L'amour n'oubliera jamais ce qu'il doit à l'amitié !

RENNEVILLE.

Puissions-nous contribuer à ton bonheur !

D'ORMANCEY.

Je suis déjà heureux du votre !

BRINDAMOUR (*présentant Victoire au général*).

Mon général, le mois de mai est pour tout le monde !

LE GÉNÉRAL.

J'entends, nous verrons cela.

VICTOIRE.

Monsieur, c'est demain le trente-et-un.

LE GÉNÉRAL.

A demain donc ! c'est le refrain de tous les jours !

VAUDEVILLE.

AIR *nouveau de Doche.*

En vrai soldat perdre la vie,
Sur des lauriers, au champ d'honneur ;
Etre pleuré de sa patrie ,
C'est le destin le plus flatteur !
Jaloux d'une mort aussi belle ,
Chaque jour mon désir l'appelle !
A demain, demain, à demain,
Je dis sans cesse à la rébelle ,
Et toujours fidelle au refrain ,
Je la cherche le lendemain.

VICTOIRE (*à Brindamour.*)

Pour être heureux dans son ménage ,
Nous dit-on sans cesse en tous lieux ,
Sur bien des choses , s'il est sage ,
Un mari doit fermer les yeux.
De l'inutile jalousie
Ne prends jamais la fantaisie !
A demain , demain , à demain ,
Dis bien à cette frénésie ;
Et toujours fidèle au refrain
Reste aveugle le lendemain.

BRINDAMOUR.

Lorsqu'une peine passagère
Vient troubler ma sérénité,
Je bois, et trouve au fond du verre
L'espoir, l'amour et la gaité.
Si le soir en sortant de table,
Je te parais d'humeur affable,
A demain, demain, à demain,
Dis au vin qui me rend aimable;
Et toujours fidèle au refrain,
Verse à boire le lendemain.

RENNEVILLE.

Sous les étendards de Bellónne,
Certain des plus brillans succès,
Voyez près de l'airain qui tonne,
Sourire le guerrier français.
Par des faits dignes de mémoire,
Vient-il de se couvrir de gloire?
A demain, demain, à demain,
Il dit gaîment à la Victoire;
Et toujours fidèle au refrain,
Il triomphe le lendemain.

D'ORMANCEY.

Mondor, plus que sexagénaire,
D'Agnès a demandé la main;
L'intérêt arrange l'affaire :
Arrive le soir de l'hymen.
Agnès, quoique bien ignorante,
Est pourtant dans certaine attente,
A demain, demain, à demain.
Dit le viellard à l'innocente;
Et toujours fidèle au refrain,
Il le redit le lendemain.

CÉLESTINE (*au Public*).

Messieurs, contre ce faible ouvrage,
Ah! n'allez pas vous emporter !
Nous espérons votre suffrage,
Mais sans croire le mériter.
Puisqu'en ces lieux pour rire ensemble
L'attrait du plaisir vous rassemble :
A demain, demain, à demain !
Dites à notre auteur qui tremble;
Et fidèles à ce refrain
Revenez tous le lendemain.

FIN.

www.ingramcontent.com/pod-product-compliance
Ingram Content Group UK Ltd.
Pitfield, Milton Keynes, MK11 3LW, UK
UKHW022355120726
13694UKWH00005B/1883